WILLST AUCH DU SO WIE ICH GEWINNEN? NACH DIESER GESCHICHTE KANNST DU GLEICH BEGINNEN.

Pokale und Medaillen liebe ich sehr.
Eine Siegesfeier zu planen, fällt mir nicht schwer.

Doch wie konnte das passieren?
Heute musste ich verlieren.

Eine Andere konnte schneller rennen.
Das muss ich nun wohl anerkennen.

Doch verlieren muss so schlimm nicht sein,
nicht nur gewinnen macht froh allein.

Freude und Spaß sind auch ein Gewinn,
und die stecken für jeden woanders drin.

Ich erzähle Geschichten wie der Wind,
und merke, dass ich mein Glück hier find.

Und wenn ich übe, mich verbessere und lerne,
ist auch ein Pokal für mich nicht mehr ferne.

Was macht dir Freude? Womit fühlst du dich gut?
Betreibe es mit Energie und Mut!

Dieses Buch gehört:

- -

- -

©PUNTITO UG (haftungsbeschränkt), Rindermarkt 6, 80331 München
Alle Rechte vorbehalten.
ISBN 978-3-910334-02-1
1. Auflage 2024
Text: Simone Ehmann
Cover, Layout & Gestaltung, ©Illustrationen Fritzi: Constanze Frank, www.frankufrei.de
Druck: Grafisches Centrum Cuno GmbH & Co. KG, Calbe
www.puntito-verlag.de

Fritzis welt

GEWONNEN

SIMONE EHMANN
CONSTANZE FRANK

1

ICH LIEBE

Pokale.
Und Abzeichen, Urkunden,
Medaillen, überhaupt alles, was mit
Gewinnen zu tun hat. Meine Schwester hat im
letzten Jahr einen Pokal beim
Reiten gewonnen. Es ist ein Pferd mit
einer Schleife darauf zu sehen.
Der Pokal steht oben auf ihrem
Regal und glänzt ganz toll.
So einen will ich auch haben!

BLING!

FUNKEL!

Deshalb habe ich beschlossen, dass ich ab jetzt auch

GEWINNE.

Ich kann sehr schnell laufen. Zum Beispiel im Garten über die kleinen Holzhindernisse, die ich mir immer aufbaue.

DU SCHAFFST DAS!

ICH GEWINNE! ICH GEWINNE! ICH GEWINNE! ICH GEWINNE! ICH GEWINNE! ICH GEWINNE! ICH GEWINNE! ICH GEWINNE! ICH GEWINNE! ICH GEWINNE! ICH GEWINNE! ICH GEWINNE! ICH GEWINNE!

ICH WERDE GEWINNEN!

Heute ist es endlich so weit. Ich darf bei einem echten Wettlauf mitmachen. Ich bin perfekt vorbereitet. Den ganzen Vormittag habe ich geübt. Ich bin unserem Nachbarshund Rudi hinterher-gelaufen, damit meine Beine schnell werden. Und ich bin zehn Mal hoch in mein Baumhaus geklettert, damit meine Arme stark sind. Jetzt kann ich es gar nicht mehr erwarten: HEUTE werde ich gewinnen!

WILLKOMMEN BEIM SPORTFEST

ZICKE, ZACKE HEU, HEU, HEU!

GO, FRITZI, GO!

LET'S FETZ!

GRÖL!

Die Schiedsrichterin steckt allen Kindern eine Nummer an. Wir stellen uns in einer Reihe nebeneinander auf.

ACHTUNG, FERTIG LOS!

und dann rennen wir. Ich bin schneller als alle anderen. Ich schaue immer wieder zur Seite, ich will unbedingt die Erste bleiben.

LAUF, FRITZI! LAUF! LAUF! LAUF! FRITZI! LAUF! LAUF! LAUF! LAUF! LAUF! LAUF! LAUF! FRITZI!

Ich habe nicht gewonnen.

Ich bin so wütend.

Ich stampfe mit dem Fuß.

Ich will niemanden sehen.

Am liebsten möchte ich

ganz laut schreien.

NIE WIEDER

werde ich bei einem

Wettrennen mitmachen.

WIE FÜHLST DU DICH, WENN DU **WÜTEND** BIST?

TOBEN

STINKSAUER

SCHIMPFEN

RASEND

ZORNROT

FUCHSTEUFELSWILD

GRANTIG

PLATZEN

AUFGEBRACHT

Ich versuche es mal mit einem

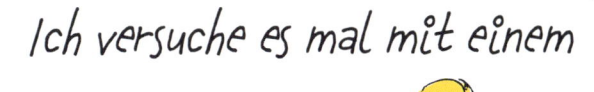

Meine Freundin Flo macht auch mit.
Sie sitzt schon am Tisch und winkt mir zu.
Ich zeichne einen Pokal mit einer
lachenden Fritzi drauf. Ich finde ihn super.

WIRKLICH MEISTERHAFT!

TA-DAAAH!

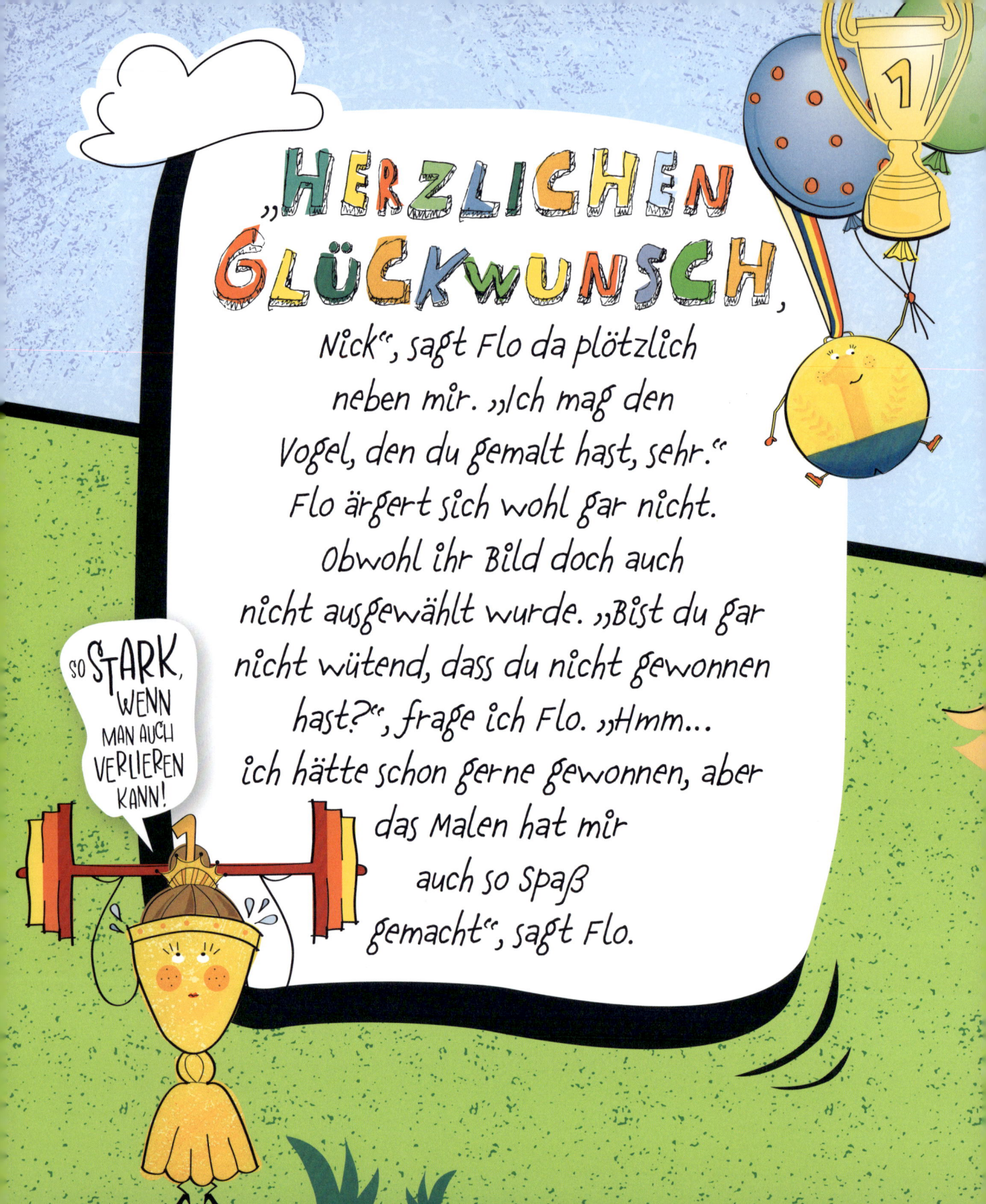

„HERZLICHEN GLÜCKWUNSCH,

Nick", sagt Flo da plötzlich neben mir. „Ich mag den Vogel, den du gemalt hast, sehr." Flo ärgert sich wohl gar nicht. Obwohl ihr Bild doch auch nicht ausgewählt wurde. „Bist du gar nicht wütend, dass du nicht gewonnen hast?", frage ich Flo. „Hmm... ich hätte schon gerne gewonnen, aber das Malen hat mir auch so Spaß gemacht", sagt Flo.

So STARK, WENN MAN AUCH VERLIEREN KANN!

Es ist wirklich ein

GUTES GEFÜHL,

wenn man merkt, woran man Freude hat. Das ist ja bei jedem etwas anderes. Oskar zum Beispiel fährt super gerne Roller, er sieht dann immer so glücklich aus. Und meine Schwester ist total verliebt in ihre Ponys. Sie könnte immer noch länger bleiben und putzen und ausmisten, auch wenn sie schon ganz kalte Zehen hat.

JETZT

TANZ MIT!

BACK
OLYMPIADE

STOLZ

zeige ich Flo MEIN Buch.
„Magst du es nicht noch einmal
versuchen mit einem
wettbewerb?" fragt Flo.
„Ich habe ein Plakat
gesehen: Bilderbuchwettbewerb!"
Ich überlege kurz und
denke dann: „Ja, ich will
da mitmachen!"

GASSI
SERVICE

BEI WAS
WÜRDEST
DU
GERNE
MITMACHEN?

SUPER,
DA MACHE
ICH MIT!

SCH
A
C
H

Flo und ich stehen
zusammen vor dem Schaufenster
des Ladens und ich bin so stolz:
weil meine Geschichte jetzt
hier steht, aber auch,
weil ich etwas verstanden habe:
Wenn ich mit

FREUDE

dabei bin, ist der Tag auf
jeden Fall ein Gewinn!

TOLL:
ICH HABE ES IN
DER HAND, JEDEN
TAG ZU EINEM
GUTEN TAG
ZU MACHEN.

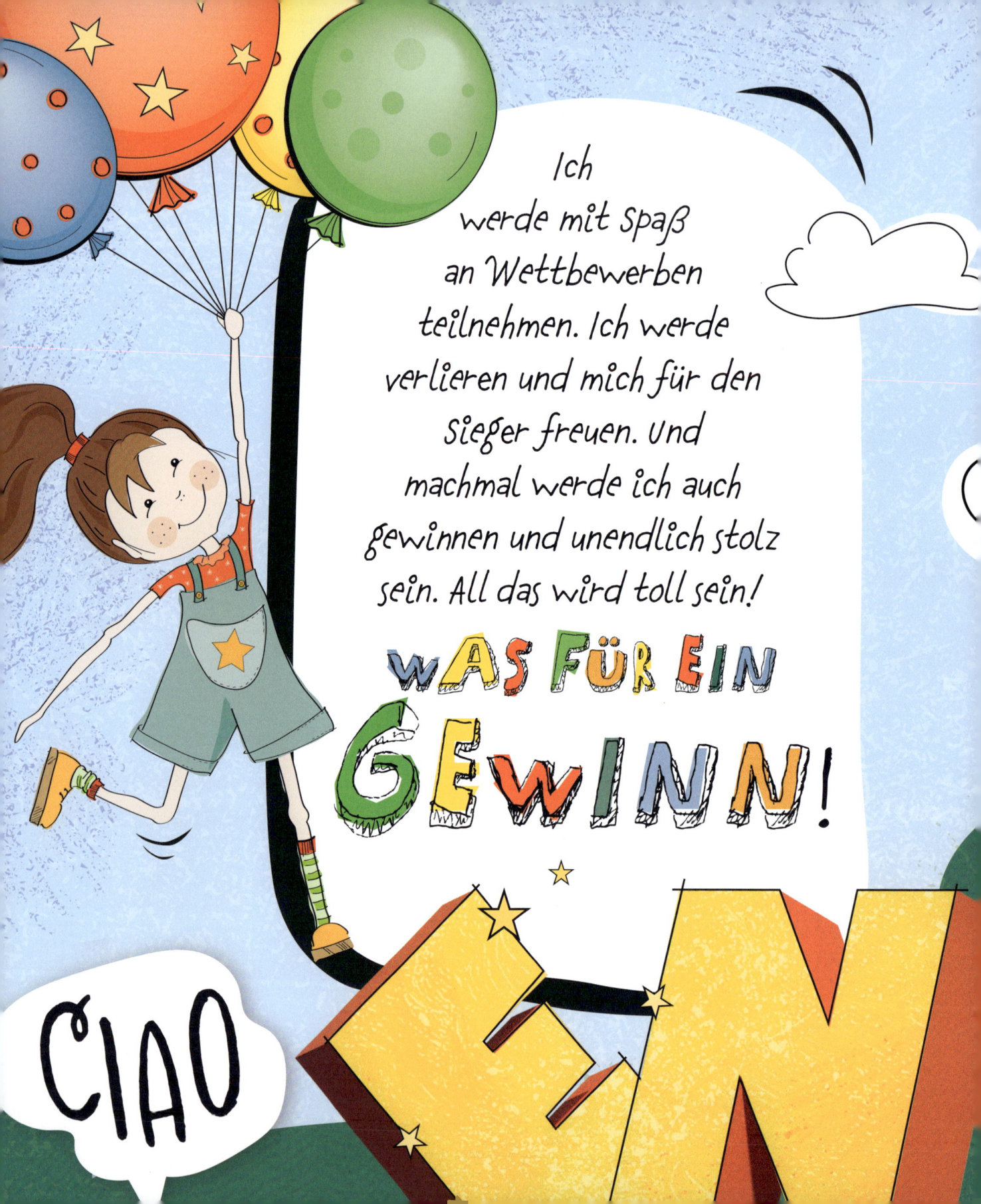

ICH ÜBE UND VERBESSERE MICH.

ICH **PROBIERE** AUS!

ICH KANN **ALLES LERNEN,** WAS ICH WILL.

KOPIEREN & AUSSCHNEIDEN

Ich mache mein Leben zu einem Gewinn **FÜR MICH** und andere!

ICH FREUE MICH ÜBER DEN **ERFOLG** DER ANDEREN.

ALLES IST SCHWER, BEVOR ES **LEICHT** WIRD.

ICH SCHAFFE DAS!

ICH ENTDECKE DINGE, DIE MIR **SPAẞ** MACHEN.

ICH **BLEIBE** DRAN.

ICH GLAUBE AN MICH!

ICH KANN ES **NOCH** NICHT!

ICH BIN STARK UND MUTIG!

ICH SEHE MEINEN **FORT-SCHRITT.**

SCHRITT FÜR SCHRITT.

FEHLER SIND **HELFER.**

Gestalte deine **EIGENE** Karte!

Tipp...
NOCH MEHR AUS FRITZIS WELT FINDET IHR HIER: